www.tredition.de

AF179084

Helmut Essl

Die Politischen

Schulstorys

www.tredition.de

© 2021 Helmut Essl

Verlag und Druck:
tredition GmbH, Halenreie 40-44, 22359 Hamburg

ISBN
Paperback: 978-3-347-30173-3
Hardcover: 978-3-347-30174-0
e-Book: 978-3-347-30175-7

Inhaltsverzeichnis

Meinen ehemaligen Kolleginnen und Kollegen

Die Schulen sind Werkstätten der Menschlichkeit ...

J. A. Comenius

Anpassung

Da er Pilz hieß und die Neigung hatte, schon beim geringsten Anlass kernzuexplodieren, nannte ihn das ganze Gymnasium „Atompilz". Nichts konnte einfacher und natürlicher sein. Er gab zu allem Überfluss auch noch die Horrorfächer Mathematik und Physik in der Oberstufe, und die Klassen, die ihn abbekamen, schienen verloren, denn die Reformpädagogik der 1970er-Jahre war spurlos an ihm vorbeigegangen. Vor den Schülern stand, vielmehr saß, da für ihn bequemer, ein Tyrann alten Schlags und machte das Klassenzimmer zum Gruselkabinett.

Hartnäckig hielt sich das Gerücht, er habe an der Heeresversuchsanstalt in Peenemünde tatkräftig bei der Flugbahnberechnung der V2 gen Coventry mitgewirkt – die Stadt wurde weitgehend zerstört –, doch sein Doktortitel schützte ihn und auch die Tatsache, dass das Land von einem furchtbaren Juristen regiert wurde, dessen braune Untaten noch nicht herausgekommen waren. So bewarf dann der cholerische Oberstudienrat ungestraft seine Schutzbefohlenen mit dem nassen Tafelschwamm oder zerrte sie, begleitet von der üblichen Schimpfkanonade, am

Ohr, wenn ihm eine Antwort auf eine viel zu schwere Frage missfiel.

Auch konnte es vorkommen, dass eine Klassenarbeit geschlossen versiebt wurde, da ebenfalls zu schwer, sodass dann spätestens nach zwei Wochen plötzlich die Tür von außen aufgerissen und 25 gelbe oder violette DIN-A4-Hefte ins Zimmer geworfen wurden. „Da habt ihr euren Scheiß!" hallte es dann vom Flur. Hatte er Pausenaufsicht und schlurfte Zigarre paffend über den Schulhof, erstarben abrupt Ausgelassenheit und Fröhlichkeit und bleierne Schwere kroch in die Herzen und die marternde Frage in die Köpfe, warum man einen Ex- und offensichtlich Immer-noch-Nazi auf junge Menschen loslassen müsse.

Allerdings hatte dieser Dauercholeriker auch jene sentimentale Ader, die zum rettenden Opportunismus einlud. Anders ging's leider nicht! Manchmal genügte eine Ansichtskarte aus dem Schullandheim, adressiert „An den lieben Dr. Pilz", um eine drohende Zeugnis-Fünf in Mathematik oder Physik in letzter Sekunde in eine Gerade-noch-Vier umzubiegen. Oder man spendierte ihm das Pausenbrot, wenn er leichenblass, da unterzuckert, den rettenden Stuhl ansteuerte und in die Klasse hineinjammerte, ob man ihm etwas zu essen hätte. Was da plötzlich auf dem Pult lag, hätte ihn eine halbe Woche ernähren können, hielt ihn aber nur die folgende Doppelstunde halbwegs ruhig.

Zu seinem 63. Geburtstag schenkte ihm eine 12er-Klasse eine sündhaft teure Havanna in der Miniholzkiste, da die Versetzung in die 13. anstand, und tatsächlich war er vor dieser Heuchlerschar kurz, aber wirklich nur kurz gerührt. Mit Beginn des nächsten Schuljahrs war er dann endlich weg, sprich: in Pension gegangen. Man munkelte, er sei an die Ostsee gezogen, da man ihn in der Stadt nicht mehr sah.

Die Politischen

1

Jule saß vorne – wie immer. Rick, eigentlich Rickman, Sohn eines geschäftstüchtigen Apothekers, sowieso, denn der fuhr, weil es sein Auto war. Ein roter Ford Mustang mit Schiebedach. Hinter ihm saß Hanne und hinter Jule Rob, der eigentlich Robert hieß und Sohn eines gewieften Rechtssekretärs war. Rob wäre wegen seiner langen Beine lieber vorne gesessen, aber darauf zu bestehen wäre sinnlos gewesen, weil Rick es genoss, Jule neben sich zu haben. Hanne ahnte das auch, Jule nicht. Es war ein sonniger Apriltag, der 19. des Monats, und sie befanden sich auf der Autobahn gen Süden. Im Radio lief gerade „Y.M.C.A." von Village People – der Song sollte Hit des Jahres 1979 werden. Den Titel sangen sie alle jedes Mal lautstark mit, und Rick trat dabei kurz aufs Gaspedal, sodass die Tachonadel auf gefährliche 180 km/h hochschnellte. Ansonsten beließ er es bei 130 km/h, da sie nicht in Eile waren.

Sie hatten vor zwei Tagen die schriftliche Abiturprüfung mit einem guten Gefühl hinter sich gelassen und nutzten die beginnenden Osterferien, um aus der Stadt abzuhauen, wie Jule es nannte. Relaxen war angesagt im Chalet am Bodensee. Jules wohlhabende Tante hatte es für knapp eine Woche zur Verfügung gestellt unter der Bedingung, es wieder so zu verlassen, wie sie es vorfinden würden: tadellos. Sie freuten sich darauf. Beim Kreuz Hegau verließen sie die A 81, um die B 33 Richtung Radolfzell zu nehmen und von dort dann auf die Höri zu gelangen. Am frühen Nachmittag erreichten sie ihr Ziel, und Hanne, Rick und Rob erkundeten sogleich das Gelände. Jule kannte es schon von früheren Aufenthalten mit den Eltern.

Das Chalet war Teil einer größeren Anlage, bestehend aus einem Hotel, einem Hallenbad, das im Sommer durch komplettes Öffnen der Südseite beinahe zum Freibad wurde, und weiteren Landhäuschen, die verstreut im Hotelpark lagen und nach und nach samt kleiner Liegewiese zur Überbrückung gelegentlicher Liquiditätsengpässe den Stammgästen zum Kauf angeboten wurden. Die griffen bereitwillig zu, da sie auf der einen Seite weitgehend für sich waren und auf der anderen die Annehmlichkeiten eines Hotels wie Restaurant, Zimmerservice und Gartenpflege nutzen konnten.

Nahe dem Ufer lag das Chalet der Tante mit Blick auf das schweizerische Steckborn und dessen Wasserschloss. Da, wo der Bodensee langsam zum Rhein wird, strahlte von der Landschaft eine außergewöhnliche Ruhe aus. Die Clique ließ sich gleich einfangen, stand minutenlang auf der erhöhten Terrasse und konnte sich nicht sattsehen – blau das Wasser, weiß die Segel, grün die Hügel –, bevor sie sich ins Innere begab. Im Erdgeschoss befand sich die Wohnstube im Country-Stil, also viel Holz, mit angrenzendem Kücheneck, das gleich mit dem geplanten Abendessen bestückt wurde: Ravioli sowie Erbsen-Karotten-Gemüse aus der Dose und zum Runterspülen ein Sixpack Wulle. Eine Wendeltreppe führte nach oben zu zwei kleinen Schlafzimmern und dem Bad. Jule und Hanne warfen ihre Schlafsäcke auf die nackten Matratzen des Südost-, Rob und Rick des Südwestzimmers, wobei Letzterer sich vorstellte, was denn wäre, wenn Jule des Nachts neben ihm läge.

Jule, Kopf der Schülerzeitung, die vor knapp einem Jahr den anderen drei vorschlug, einen Artikel zu schreiben mit der Überschrift: „Fußball-WM in Argentinien – Kicken unter Mördern!"

Rick, Rob und Hanne, Tochter einer alleinerziehenden Bibliothekarin, hatten Bedenken und argumentierten, wer den Mitschülern die Vorfreude verderbe, bringe sie in Wut. Jule, Tochter eines umgänglichen Philosophieprofessors, erwiderte, eine Militärdiktatur, die einer 17-jährigen Schülerin, der Schwedin Dagmar Hagelin, in den Rücken schießen und sie dann irgendwo verscharren lasse, bringe sie in Rage. Der Text kam, und die Schule stand kopf, aber nicht im Sinne Jules! Sie vermieden es eine Weile zwecks Schonung der Stimmbänder, in der großen Pause auf den Schulhof zu gehen, verstanden es aber, sich zu gegebener Zeit zu revanchieren. Als die deutsche Mannschaft nämlich durch die 2:3-Niederlage gegen Österreich das kleine WM-Finale wider Erwarten verpasste, porträtierte die Redaktion liebevoll den österreichischen Mittelstürmer Hans Krankl, der gleich zweimal getroffen hatte. Das kam nicht einmal schlecht an, doch die vier hatten ihren Spitznamen weg: The Salty Four! Das schweißte sie endgültig zusammen.

Nach dem Abendessen war Scrabble angesagt. Beim Anlegen der Buchstabensteine erlaubte sich Rob „Faschissmus" statt „Faschismus" mit der Bemerkung, das sei die folgerichtige Schreibweise, weil sich durch „...schiss..." der Gedankenkot dieser Ideologie widerspiegle. Hanne protestierte. So wie Cäsar nicht über der Grammatik gestanden habe, so stehe Rob nicht über der Orthografie, obwohl an seiner Argumentation durchaus etwas dran sei. Also Rückbau! Jule und Rick sahen das auch so, und als der Gescholtene sich murrend anschickte, die Steine wieder abzuräumen, wurde plötzlich der Haustürklopfer betätigt. Die vier sahen sich fragend an, schließlich stand Jule auf und schaute nach.

Vor der Tür stand genau der Nachbar, vor dem die Tante sie gewarnt hatte: „Mitte sechzig, aufdringlich und Hypertoniker". Sie, die Medizinerin, musste es ja wissen. Er habe Licht gesehen und angenommen, die Tante sei im Hause – und nun sei's, nehme er an, die Nichte. Eigentlich habe er die Tante ab Mitternacht zu einem Glas Champagner einladen wollen, da er in einer Stunde seinen 65. Geburtstag begehe und nicht nur mit seinem Spiegelbild anstoßen möchte. Wenn das Fräulein Nichte vielleicht die Güte habe und kurz die Tante vertreten könne ... Jule schnaufte, denn die Situation respektive der Kerl mit seinem roten Kopf waren ihr unangenehm.

So antwortete sie trocken, sie seien zu viert, deswegen … Umso besser, meinte freudig ihr Gegenüber, dann könne er ja viermal anstoßen – also in fünfzig Minuten bei ihm gleich um die Ecke! Und weg war er. Jule bebte, wühlte in ihren langen, blonden Haaren und teilte dann mit erregter Stimme den anderen mit, was ihr gerade widerfahren sei und welche Lästigkeit ihnen nun drohe. Man beschloss, sich mit zwanzigminütiger Verspätung beim Gastgeber einzufinden, um seinen Widerwillen auszudrücken, doch die Dreiviertelglatze ließ sich nichts anmerken und drückte sofort jedem ein Glas Champagner in die Hand.

Dann begann er mit Inbrunst, eine Rede zu schwingen: Der heutige 20. April 1979 sei ein ganz besonderer Tag, aber nicht wegen seines 65. Geburtstags. Der sei bestenfalls ein wunderbarer Zufall, eine schöne Ergänzung, doch das Entscheidende sei, dass heute eine epochale Persönlichkeit ihren 90. Geburtstag feiern könnte, wäre sie noch unter uns. Aber man könne natürlich symbolisch anstoßen auf den geliebten Führer Adolf … Weiter kam er nicht, denn Jule kippte ihm abrupt den Inhalt ihres Glases ins Gesicht. Rick tat es ihr gleich, während Hanne und Rob auf den Schritt zielten, wobei Letzterer ausstieß: „Schau, schau, ein inkontinenter Altnazi!" Dieser blickte entgeistert in die Runde, rollte fürchterlich die Augen – und fiel mit dem vollen Glas in der Hand krachend um. Sie ließen ihn einfach liegen und gingen in der Gewissheit, dass ein toter Nazi erträglicher sei als ein lebender. Ihre Sektgläser nahmen sie mit, sicher sei sicher, um sie später nach und nach in öffentlichen Abfalleimern zu entsorgen. Gegen zwei Uhr morgens krochen sie in ihre Schlafsäcke.

Sie schliefen schlecht, denn ihre Gedanken kreisten fortwährend um das Vorgefallene und das möglicherweise Folgende. Hatte man sie gesehen, als sie in das benachbarte Chalet liefen und es wieder verließen? Wie lange wird der plötzlich Zusammengebrochene liegen bleiben – wenn er überhaupt liegen bleibt und nicht wieder aufsteht? Was dann? Wäre es nicht vernünftiger, die Anlage schleunigst zu verlassen und aus der Distanz irgendwie mitzubekommen, welchen Lauf die Dinge nähmen? Oder wäre es unauffälliger zu bleiben und die Ahnungslosen zu mimen, eben nicht vorschnell zu agieren, sondern gelassen zu reagieren? Man habe schließlich niemanden vorsätzlich umgebracht, sondern sich aus einer heimtückisch gestellten Falle befreit, was legitim gewesen sei!

Nach einem hastigen Frühstück entschieden sie sich zu bleiben, aber nicht um die Ecke zu spicken. Stattdessen wollten sie das Otto-Dix-Haus in Augenschein nehmen, das gut zu Fuß erreichbar war. Im Zeichensaal des Geschwister-Scholl-Gymnasiums hing eine Reproduktion des Gemäldes „Die sieben Todsünden", fast zwei Meter hoch und beinahe eineinhalb Meter breit. Ihr Kunstlehrer Dr. Karl führte, darauf angesprochen, aus, dass Otto Dix es gemalt habe, kurz nachdem die Nazis ihn aus der Dresdner Akademie, wo er Professor gewesen sei, gejagt hätten. An der Spitze des dargestellten apokalyptischen Zugs sei ein Kobold mit Hitler-Fratze zu sehen, der auf dem Rücken einer Hexe seinem Verderben entgegenreite. Sie waren damals beeindruckt gewesen, und alsbald standen sie vor dem Haus, am Westrand des Ortes gelegen und nach Süden ausgerichtet. Das Atelier befand sich im Obergeschoss, von wo Dix einen schönen Blick über den See und auf das gegenüberliegende Schweizer Ufer hatte. Der Maler lebte hier zurückgezogen von 1936 bis zu seinem Tod 1969.

Jule zückte ihren Fotoapparat und bat einen zufällig vorbeikommenden Passanten höflich, sie gemeinsam vor diesem Gebäude abzulichten. Sie wollte das Foto später Dr. Karl zeigen.

Spontan entschlossen sie sich, zur Schiffsanlegestelle zu marschieren und nach Steckborn auf der Schweizer Seite überzusetzen. Sie hatten Glück und mussten nicht lange warten, zudem konnten sie die Passage direkt an Bord bezahlen. Sie besichtigten das Wasserschloss, schlenderten durch den Ortskern mit seinem schönen alten Gepräge und fanden eine schon geöffnete Restaurantterrasse, wo sie zu durchaus moderaten Preisen, Vorsaison eben, zu Mittag essen konnten. Den Nachmittag verbummelten sie bei diesem schönen Wetter am Ufer, bevor es wieder zurückging. Als sie dann durch das Haupthaus gen Hotelpark schritten, winkte die Rezeptionistin sie aufgeregt heran, um ihnen mitzuteilen, dass etwas Tragisches geschehen sei. Gegen 11 Uhr habe das Zimmermädchen ihren Nachbarn leblos in der Toilette aufgefunden, vor der WC-Schüssel kniend und mit dem Kopf in ihr steckend. Vermutlich Herzinfarkt, so der herbeigerufene Notarzt. Die Clique gab sich irritiert und bestürzt zugleich, und auf dem Weg ins Chalet ließ Hanne die Bemerkung fallen: „Wie denn das?" Vermutlich auf dem Rücken einer Hexe, die ihn dort abgeworfen habe, wo der Nazi einst herausgekrochen sei, so Rob sarkastisch. Damit war die Sache fürs Erste geklärt, und zwei Stunden später gingen sie Pizzaessen.

Den nächsten Tag verbrachten sie auf der Panoramaterrasse und sonnten sich. Keiner wollte etwas von ihnen. Sie sprachen über die mündliche Abiturprüfung, die sie am liebsten in Geschichte/Gemeinschaftskunde ablegen mochten, und zwar zum Thema „Rechtsextremismus in der BRD von 1949 bis jetzt". Dieser braune Output habe ja nicht aufgehört, sich zu sammeln, nur die Sickergruben hießen nun anders: DSU, NPD, AUD, Aktion „Widerstand", DVU, ANS. Dann zischte Hanne dazwischen, in ihren langen, schwarzen Haaren wühlend, sie wolle nun ernsthaft wissen, wie der alte Nazi vom Wohnzimmer in die Toilette gekommen sei. Rick, der Apothekersohn, meinte, höchstwahrscheinlich sei der noch einmal zu sich gekommen und wegen Übelkeit und Erbrechen – typische Infarktanzeichen – auf allen vieren zur Toilettenschüssel gekrochen, wo ihn der Teufel dann endgültig geholt habe. Hanne beruhigte sich wieder. Auch redeten sie darüber, wie es nach dem Abitur weitergehe. Jule und Hanne wollten für ein Jahr nach Israel, um in einem Kibbuz Freiwilligendienst zu leisten. Rick und Rob wollten auf keinen Fall zur Bundeswehr. Ans Studieren dachten sie alle, und bei allen kam zum ersten Mal das Gefühl auf, dass ihre Clique nicht ewig bestehe werde, so wie auch Hermann Hesses „Gaienhofer Endgültigkeit" keine war.

Sie hatten dessen Roman „Unterm Rad" in der 11. Klasse gelesen und mit dem sanften Hans Giebenrath mitgelitten, den sein autoritäres und rohes Umfeld aus dem Leben getrieben habe. Sie entnahmen einem Flyer aus der Infotheke im Eingangsbereich des Hotels, dass Hesse von 1904 bis 1912 am Untersee gelebt habe, und machten sich am vierten Tag auf den Weg, die beiden Domizile anzuschauen – zunächst das alte Bauernhaus am Dorfplatz und dann das Landhaus am Erlenloh. Es müssen wohl glückliche Jahre gewesen sein, denn „es sprechen an wenigen Orten so stark wie hier zu jedem Fenster herein See und Wald, Himmel und Wiese zu mir". So zitierte jedenfalls Jule aus dem Flyer und bemerkte dann bitter, dass es wenigstens Hesse erspart geblieben sei, in diesem Idyll mit einem Nazi konfrontiert zu werden. Auf dem Rückweg machten sie noch halt an einem kleinen Supermarkt, um ihre Vorräte aufzufüllen, und entdeckten neben den Rosinenschnecken einen Ständer mit Hesse- Taschenbüchern. Sie entschieden sich jeweils für den schmalsten Band, „Die Heimkehr" – schließlich waren Osterferien. Vier Rosinenschnecken legten sie dazu – passe irgendwie zusammen, dachten sie.

Das Abendessen geriet lang und literarisch, denn sie lasen sich gegenseitig aus der Erzählung vor. Erst Jule drei Seiten, dann Hanne drei, danach Rick drei, zum Schluss Rob drei – und dann das Ganze von vorn. Dass sich die beiden Hauptfiguren, der weltgewandte August Schlotterbeck und die taffe Witwe Entriß, letztendlich gegen die kleinstädtische Missgunst durchsetzen und dabei zueinander finden, gefiel ihnen.

Am fünften Tag trieb der Wind Gewölk über den See, der Wellen warf, und Jule fischte am Vormittag ein zusammengefaltetes DIN-A4-Blatt aus dem Briefkasten. Jemand hatte sich an einer Bleistiftzeichnung versucht: ein Hakenkreuz, das in einer Kloschüssel versank. Darunter stand: „Zurück auf null!" Die Aufregung war groß. Offensichtlich waren sie doch beobachtet worden beim Champagnerattentat auf den Altnazi! Aber von wem – und von wo? Was sollten sie tun? Vor Ort abwarten, bis Weiteres geschehe, oder sich schnellstens ins Auto setzen und Distanz schaffen, damit wenigstens an diesem Tag nichts Unliebsames auf sie zukomme? Auch das Wetter scheine ja nicht mehr mitzuspielen! Zwei Stunden später befanden sie sich auf der Autobahn gen Norden. Das Radio blieb den ganzen Rückweg aus, und Jule hatte Rob den Beifahrersitz überlassen. Rick war irritiert.

Auf die mündliche Abiturprüfung bereiteten sie sich gemeinsam vor, vermieden es aber, das Champagner-Attentat auf den Altnazi anzusprechen. Da diesbezüglich nichts passierte, ließ allmählich die Spannung nach und sie holten sich jeweils die Wunschnote. Jule schenkte zum Abschied Dr. Karl die Aufnahme vor dem Otto-Dix-Haus. Danach ging alles Schlag auf Schlag. Hanne und Jule flogen Ende Juni nach Tel Aviv, Rob setzte sich nach Westberlin ab, um dem Wehrdienst zu entgehen und an der Freien Universität Jura zu studieren. Das hatte ihm sein Vater, der Gewerkschafter, geraten und ihn zugleich ermahnt, den Klassenstandpunkt nicht zu vergessen. Rick war als Wehrdienstverweigerer anerkannt worden und absolvierte ab Juli seinen Ersatzdienst bei der „Aktion Sühnezeichen" in der KZ-Gedenkstätte Natzweiler-Struthof. Man hatte ihn in die Vogesen geschickt, da in seinem Abiturzeugnis hinter Französisch „sehr gut" stand. Manchmal dachte er noch an Jule.

2

Dr. Karl hatte sich bei Jule höflich für das Foto bedankt und ihr alles Gute für die Zukunft gewünscht. Später schrieb er auf die Rückseite „Die Politischen" und legte es zu der Luftaufnahme der westukrainischen Stadt Kremenez. Auf der Rückseite dieses Schwarzweißbilds stand mit Bleistift geschrieben: „Krzemieniec 7. 7. 1941 Sonderbehandlung". Die Mutter hatte es vor vier Monaten in der Innentasche eines Sommermantels gefunden, der ihr als Kleiderspende für das Rote Kreuz überlassen worden war, wo sie sich seit ihrem Ruhestand ehrenamtlich engagierte. Ihr Sohn sei Kunsthistoriker, also auch Historiker, und möge bitte schön herausfinden, was es mit diesem Foto auf sich habe, da der, dem es offensichtlich gehöre, ihr seit einiger Zeit den Hof mache: ein pensionierter Oberst mit ausgesprochen guten Manieren. Jener habe ihr erzählt, als einmal das Gespräch auf früher gekommen sei, er habe als junger Offizier von 1941 bis 1944 in Saint Malo eine ruhige Kugel geschoben, da sie als Besatzungsmacht die Autonomiebestrebungen der Bretonen gefördert hätten. Krzemieniec klinge allerdings nicht nach Bretagne, so die Mutter weiter, und sie hasse es, wieder angelogen zu werden, da sie ständig von seinem Vater wegen dessen Weibergeschichten angelogen worden sei, weshalb sie diesen schließlich aus dem Haus gejagt habe.

Sebastian Karl hatte geseufzt, kurz an seinen Erzeuger gedacht, der im Exil an der Costa del Sol erst recht den Schwerenöter gab, und getan, was seine resolute Mutter, die Oberstudienrätin a. D. in Radolfzell, verlangt hatte. Er wandte sich Mitte März 1979 an die Ludwigsburger Zentralstelle zur Aufklärung nationalsozialistischer Verbrechen und bekam Mitte April Bescheid: Die westukrainische Stadt Krzemieniec sei am 1. Juli 1941 von deutschen Truppen erobert, die Große Synagoge zerstört und die gesamte jüdische Bevölkerung in der Folgezeit ermordet worden. Die Mutter war außer sich, als sie das las, und wollte sich auf keinen Fall mit einem mutmaßlichen Kriegsverbrecher abgeben, geschweige denn dessen Sommermantel als Spende annehmen. Das möge der Sohn umgehend dem „sauberen" Oberst ausrichten und sich sofort samt Mantel auf den Weg zur Höri machen, wo sich der Herr gerade aufhalte – Widerrede zwecklos!

So kam es, dass in der Nacht auf den 20. April 1979 Dr. Sebastian Karl mit einem Sommermantel auf dem Arm und einer Taschenlampe in der Hand durch einen Hotelpark irrte und Chalet Nr. 8 suchte, das er schließlich fand. Durch ein halb zugezogenes und gekipptes Fenster drangen Licht und Worte nach außen: „… anstoßen auf den geliebten Führer Adolf …" Der Kunstlehrer trat unbemerkt näher heran und sah, dass es seine Schüler waren, die entrüstet reagierten. Er war perplex. Als sie davongeschlichen waren, ging er hinein, denn sie hatten die Haustür nur angelehnt. Er hing den Mantel an die Garderobe – und dann erfasste den sanften Dr. Karl eine jähe Wut. Er sah die Leichenberge aus „Nacht und Nebel" vor sich, hörte Hanns Eislers Filmmusik in sich – und packte den am Boden Liegenden am Hemdkragen, schleifte ihn zur Toilette und steckte ihn kopfüber in die Kloschüssel, eben dahin zurück, wo der Nazi einst herausgekrochen war. Die Idee mit der Bleistiftzeichnung als Akt anonymer Solidarität kam ihm vier Tage später, nachdem er seiner Mutter Vollzug gemeldet hatte. Er bemühte sich, möglichst unbeholfen zu skizzieren, wollte keine Rückschlüsse auf seine Person zulassen. Es war ein Leichtes gewesen, von der Rezeptionistin zu erfahren, welches Chalet die Clique bewohnte, und das gefaltete Blatt unbemerkt in den Briefkasten zu stecken.

Mitten in den Sommerferien hatte Dr. Sebastian Karl plötzlich keine Lust mehr auf ein Drittel Schule, ein Drittel Volkshochschule und ein Drittel Universität, und er nahm das schon länger vorliegende Angebot einer Stiftung an, die Leitung einer privaten Kunsthalle zu übernehmen, da seine bisherigen Publikationen gefallen hätten. Die Stadt lag im Norden der Republik, was ihm zunächst ganz recht war.

3

Am 20. April 1989, einem sonnigen Frühlingstag, fuhr die Journalistin Juliane Klar mit dem Zug von Frankfurt nach Karlsruhe. Am Hauptbahnhof stieg sie in die Straßenbahn, die sie bis auf wenige Gehminuten zur Kunsthalle brachte. Sie begab sich von der Kasse direkt zum Otto-Dix-Gemälde „Die sieben Todsünden" und verharrte dort eine Zeit lang regungslos. Sie wollte sich gerade abwenden, als ihr eine Aufsicht wortlos ein zusammengefaltetes DIN-A4-Blatt zusteckte. Sie öffnete es und erschrak, denn sie gewahrte eine ihr nur zu bekannte Zeichnung: ein Hakenkreuz, das in einer Kloschüssel versank. Darunter stand: „Da hatten wir heute dieselbe Idee! Siehe Museumscafé!"

Sie rannte mehr, als dass sie schritt, und erschrak ein zweites Mal, denn dort saß, ihr zuwinkend, Dr. Karl, der sich äußerlich nicht verändert hatte und mit Anfang vierzig so aussah wie mit Anfang dreißig: schlank, durchgeistigtes Gesicht, Lockenkopf. Sie setzte sich ihm gegenüber, starrte ihn entgeistert an und sagte, tief Luft holend: „Auf diese Erzählung bin ich gespannt!" Er erzählte ihr alles, während sie Apfelsaft in sich hineinschüttete. „Warum nicht gleich? Sie haben uns damals in große Aufregung versetzt!" Er erwiderte, das sei überhaupt nicht seine Absicht gewesen, vielmehr habe er die Clique in ihrer

Haltung bestärken wollen durch seine heimliche Mittäterschaft. Er sei schon immer ein Einzelkämpfer gewesen, und es liege hier und jetzt ausschließlich an ihrer Person, dass er seine Deckung verlassen habe, weil sie zu den wenigen Menschen gehöre, denen er sich öffnen könne. Das habe damit zu tun, wie sie sich früher als Schülerin gegeben habe und wie sie heute ihre Reportagen in der Frankfurter Rundschau schreibe: mit Geist und Empathie gleichermaßen! Auch dürfe man von einer Seelenverwandtschaft sprechen, wenn an dem Tag, an dem eine der widerlichsten Figuren der Weltgeschichte hundert geworden wäre, zwei Menschen sich unabhängig voneinander vor einem Gemälde einfänden, das eben diese Figur in den Orkus schicke, während die aktuellen Psychopathen der Aktionsfront Nationaler Sozialisten deren Hundertsten feierten. Dabei fuchtelte Sebastian Karl erregt mit den Händen und hätte beinahe seinen Johannisbeersaft umgestoßen, wenn Juliane das Glas nicht reaktionsschnell festgehalten hätte.

Einmal im Redefluss wollte Dr. Karl dann von ihr wissen, was mittlerweile aus den anderen der Clique geworden sei. Rickman sei bei Médecins

Sans Frontières in Genf, Robert arbeite als Jurist beim Deutschen Gewerkschaftsbund in Düsseldorf und Johanna als Biologin sowie Pressereferentin bei Greenpeace Deutschland in Hamburg. Das nenne er Geradlinigkeit im Tun, meinte Dr. Karl, und das imponiere ihm sehr. Kämen sie gelegentlich zu viert zusammen? Das letzte Mal vor fünf Jahren in Sainte-Mère-Eglise in der Normandie, als sie auf Vorschlag von Rickman an der Gedenkveranstaltung zum vierzigsten Jahrestag des D-Day teilgenommen hätten, erwiderte Juliane. Danach sei jeder weitere Versuch im Sande verlaufen. Man lebe eben nicht mehr in derselben Stadt und ein anderes Leben.

Die Bedienung wurde unruhig, und Juliane bestellte einen Johannisbeer- und Dr. Karl einen Apfelkuchen. Was er denn jetzt so mache, wollte Juliane wissen. Er leite die Moderne Galerie am Saarlandmuseum und sei damit dem Süden wieder ein Stück näher gerückt, nachdem er vorher einige Jahre in Niedersachsen gewesen sei, so Dr. Karl. Die Kuchen kamen, und während sie aßen, schauten sie sich um. Das Museumscafé war zu einem guten Drittel besetzt, was für einen Werktagvormittag durchaus normal war. Sie waren die Jüngsten. „In meiner Sammlung befindet sich ein Otto Dix aus dem Jahr 1935, nämlich ‚Juden-friedhof in Randegg'", sagte Dr. Karl auf einmal, „wobei wir wieder beim Bodensee sind". Ob sie nach dem Vorfall ein weiteres Mal im Chalet gewesen sei? Juliane schüttelte den Kopf – alleine möge sie da nicht mehr hin, obwohl sie es mittlerweile geerbt habe. – Und wenn er mitkäme?! Juliane schaute Sebastian Karl an und zupfte dabei an ihren langen, blonden Haaren. Ob er mit dem Auto da sei? „Ja!" – „Gut, dann fahren wir!"

Revier

Er war der Einzige, der sich auf die Stelle beworben hatte, alle anderen hatten sich nicht getraut, den Alten zu beerben. Zu mächtig lag dessen Schatten auf dem Gebäude, zu stark waberte dessen Geist durch die Flure, zu hoch war die Wahrscheinlichkeit, an jenem gemessen zu werden und den Vergleich nicht auszuhalten. Doch er war wild entschlossen, in dieses Territorium einzudringen, es zu markieren und letztendlich zu behaupten. Abends stellte er sich deswegen mit nacktem Oberkörper vor den Spiegel, betrachtete stolz seine behaarte Brust, zeigte die Zähne und stieß kehlige Laute aus. Sie mussten ihn nehmen – und sie nahmen ihn, weil sie dachten, eine Ansammlung heißer Luft sei besser als ein Vakuum.

Am Abend vor der feierlichen Verabschiedung des Alten und der ebenso feierlichen Einsetzung seiner Wenigkeit parkte er versteckt, doch nahe der Schule und begann im Auto eine 1,5-Liter-Wasserflasche nach und nach zu leeren. Er wartete, bis es dunkel und die Blase voll war, stieg aus und huschte durch die Nacht, um sein zukünftiges Revier schon mal olfaktorisch zu markieren. Den ersten Strahl setzte er in das Schuhabstreifgitter vor dem Haupteingang an der Ostseite, den zweiten und dritten in die Blumentöpfe links und rechts des Nebeneingangs an der Westseite, den vierten an die blanke Mauer an der Nordseite mit dem Rücken zur Turnhalle, die ihn nicht interessierte, und den letzten Strahl der verbliebenen Restmenge unter das Wohnzimmerfenster der Hausmeisterwohnung an der Südseite, der nur abzudrücken war, weil der heruntergelassene Rollladen die Markierarbeit zuließ. Deren optische und akustische Variante sollte am nächsten Tag folgen.

Da fassten sich bei der Würdigung des aus dem Amt Scheidenden die meisten erfreulicherweise kurz und hatten dennoch Gewichtiges zu sagen – bei ihm war es umgekehrt. Er trat ohne Manuskript ans Rednerpult – weiße Turnschuhe, schwarze Edeljeans, weißes Hemd, schwarze Krawatte mit weißem Schriftzug „The Leader", rotes Sakko – und schwatzte und schwatzte und schwatzte doppelt so lang wie alle vorherigen zusammen, ohne Wesentliches gesagt zu haben, kam vom Hundertsten ins Tausendste, vom Tausendsten ins Zehntausendste – und fand immer noch kein Ende. Währenddessen hofften die zum Zuhören Verdammten, dass sich plötzlich einer von ihnen erheben, nach vorne stürmen und diesen selbstverliebten Clown umhauen würde, aber nichts dergleichen geschah, weil sich keiner traute. Stattdessen rutschte jeder immer unruhiger mit dem Hintern auf dem Stuhl hin und her und sehnte sich nach Erlösung, die nicht kommen wollte.

Irgendwann wurde es dann doch dem alten Schulleiter zu bunt. Er stand auf und rettete sich ins Freie. Fast alle taten es ihm gleich – bis auf die Vertreter der Kultusbürokratie, die nicht zugeben konnten, einen Riesenfehler gemacht zu haben (da sie nie Fehler machen würden), als sie den Neuen auf den Schild hoben, der sich nun anschicken werde, so befürchtete der Alte, weitere Reviermarkierungen zu setzen, indem die bisherigen, die bewährten, überspritzt würden durch Bleistiftdünnes. Und als der Neue im Abendlicht ungehalten auf ihn zustürmte, dachte sich der Alte, dass bei tiefstehender Sonne selbst ein Geisteszwerg einen langen Schatten werfe, ohne allerdings aufzuhören, Zwerg zu sein. Das tröstete ihn, und im selben Moment schrie er laut auf, weil der Geisteszwerg ihn unversehens in den Arm gebissen hatte.

Pädagogische Exkursion

Der Lehrer Fabian Walter hatte plötzlich keine Lust, die Schnellstraße zu nehmen, und lenkte den Porsche auf eine Strecke, die durch den Wald führte. Die Bäume links und rechts beruhigten ihn statt sich von der morgendlichen Raserei anstecken zu lassen, die ihm nicht guttat. Im Nachhinein ärgerte er sich ein wenig, das Angebot seiner großen Schwester angenommen zu haben, „einmal im Leben ein flottes Auto zu fahren und nicht ständig Rumpelkisten". Die hatte ihm den azurblauen Targa für das Sommerhalbjahr zur Verfügung gestellt, weil sie, die Wirtschaftsingenieurin, für diese Zeit nach Florida abgeordnet wurde, „um den Laden dort zu dynamisieren", und weil so ein Flitzer nicht dazu da sei, sechs Monate lang in einer Tiefgarage zu verkümmern. Also hatte er sich gefügt, zumal seine kleine Schwester, die Biobäuerin, bei dem Wort Targa sofort einen roten Hals bekommen hatte. Von seiner Rumpelkiste, einem dunkelgrünen Ford Mondeo, konnte er dennoch nicht ganz lassen und benutzte ihn an Regentagen. Das war er sich schuldig.

Dieser Julitag versprach schön zu werden, und so schnurrte er azurblau und niedertourig durch den Grüngürtel, um dann nach Osten über die Dörfer abzubiegen. Da diese über dem Neckartal lagen, hatte er einen schönen Blick auf die Schwäbische Alb und konnte sich nicht sattsehen. Auf der schmalen Rückbank lagen 24 blau ummantelten Klassenarbeitshefte für Deutsch mit den frisch korrigierten Aufsätzen, die er in etwa einer Stunde den Zwölfern des beruflichen Gymnasiums zurückgeben wollte. Die Schülerinnen und Schüler hatten die Akrokorinth-Passage aus Max Frischs Roman „Homo faber" im Kontext der vorangegangenen Handlung zu interpretieren und waren bis auf wenige Ausnahmen daran gescheitert, weil die meisten das Buch anscheinend nicht gelesen, sondern bloß gegoogelt hatten. Von den orthografischen, grammatikalischen und stilistischen Aussetzern ganz zu schweigen. Eine rote M-16-Mine war dabei draufgegangen, die er sich vom Schulsekretariat ersetzen lassen wollte. Immerhin war eine 12-Punkte-Arbeit dabei – und eben diese Schülerin machte keinerlei Anstalten, in den Bus zu steigen, der vor ihm zum Stehen gekommen war und sich nun anschickte weiterzufahren. Auch hatte ihm diese Schülerin vor einigen Wochen, als er im Rahmen einer Einladung zum Elternabend wegen der angeblich verhinderten Mutter das Gespräch auf den Vater gebracht hatte, beinahe trotzig geantwortet, den gebe es nicht.

Der Lehrer hielt prompt neben der Unwilligen, ließ die Scheibe der Beifahrertür hinunter und schrie nach draußen: „Luxustaxi gefällig, Frau Leonora Piper?!" Die erschrak gehörig, als sie ihren Deutsch-, Ethik- und zu allem Pech auch noch Klassenlehrer erkannte und deshalb keine Chance sah, nicht einzusteigen. Kaum hatte sie sich angeschnallt, bekam sie sofort zu hören, ob sie denn heute keinen Bock auf Schule habe? Zumindest habe das gerade so ausgesehen. Sie errötete heftig und brachte hüstelnd hervor, auf Schule schon, aber nicht auf Betonklotz bei diesem schönen Wetter. Der Porsche holte den Bus schnell ein, der nach Osten abbog, während der Lehrer zur Verblüffung seiner Schülerin gen Westen weiterfuhr. Ihm sei heute auch nicht nach Beton, vielmehr nach Grün, und er verpasse sowieso nur das Drögste, das Schule zu bieten habe, nämlich die Gesamtlehrerkonferenz. Folglich schlage er vor, Schloss Lichtenstein zu besuchen, das über einer mittelalterlichen Burg erbaut worden sei. Sabeth und Faber seien nachts auf die Burg von Korinth gewandert, dann schlendre man eben tagsüber und in frischer Albluft alternativ über den Schlosshof, der auch einen grandiosen Ausblick biete, und versuche sich in die fiktionale Handlung einzufühlen. Das könne man als pädagogische Exkursion rechtfertigen – und ihr Klassenarbeitsheft liege übrigens auf dem blauen Stapel hinter ihr. Bevor Leonora danach griff, band sie sich die schulterlangen, rotblonden Haare zu einem Pferdeschwanz zusammen und meinte, nachdem sie die Punktzahl gesehen hatte, er dürfe Nora zu ihr sagen und sein Vorschlag gefalle ihr. Dann legte sie das Heft wieder auf den Stapel zurück.

Über Neckartenzlingen und Reutlingen erreichten sie die Pfullinger Steige, welche der Porsche so gemächlich hochzuckelte, dass die Schülerin gegenüber ihrem Lehrer bemerkte, dazu benötige er doch keinen so teuren Flitzer. Der gehöre seiner älteren Schwester und, so die Antwort, deren Bitte habe gelautet, den Targa während ihres USA-Aufenthalts zu bewegen, aber nicht zu fliegen. Aber wenn die junge Dame es etwas flotter haben möchte, könne ihr geholfen werden.

Nachdem sie die Albhochfläche erreicht und den Abzweig zur Nebelhöhle passiert hatten, drehte Fabian Walter etwas auf, weil es die sanft geschwungene breite Straße erlaubte, bis Nora, leicht blass geworden, ihn kurz am Ärmel zupfte und signalisierte, da vorne müsse er gleich nach links abbiegen, was er auch tat, nachdem er abrupt abgebremst hatte. Die Beifahrerin war nun ganz blass geworden. Auf dem gebührenpflichtigen Parkplatz unterhalb von Schloss Lichtenstein kamen sie schließlich zum Stehen, und Nora schlug sich sofort in die Büsche. Sie sollte im weiteren Verlauf des Tages nicht mehr am Fahrstil ihres Lehrers mäkeln. Sein Angebot, ihr ein Schinken-Käse-Brötchen und ein Cola light am angrenzenden Kiosk zu spendieren, lehnte sie dankend ab.

Ein kurzer Fußweg führte nach oben zum Eingang der Schlossanlage. Die Kasse hatte gerade aufgemacht, und es war um fünf nach neun nicht allzu viel los. Der Lehrer ließ sich zusätzlich ein gelbes Reclam-Bändchen geben, und die ältere Dame im Kabuff murmelte vor sich hin: „Führung heute Vormittag nicht möglich! Einmal Vater, einmal Tochter, einmal Hauff!" Fabian Walter lächelte verlegen, Nora strahlte und schwebte rank und schlank – ganz die Ballettschülerin – beinahe über den Schlosshof, um eine Minute später entzückt auszurufen: „Wie ein Märchenschloss!" Des Lehrers Ergänzung: „Wie gotisierte Romantik!" kam dagegen nicht an, und der Punkt ging an die Schülerin. Sie schlenderten weiter, und Fabian Walter zitierte aus Wilhelm Hauffs „Lichtenstein": „Wie das Nest eines Vogels", um einen Lehrervortrag einzuleiten: Inspiriert durch diesen 1826 erschienenen historischen Roman über die Fehde zwischen dem schwäbischen Städtebund und Herzog Ulrich von Württemberg Anfang des 16. Jahrhunderts inklusive der Liebesgeschichte zwischen Georg von Sturmfeder und Marie von Lichtenstein mit Happy End habe Wilhelm Graf von Württemberg um 1840 die Burg rekonstruieren lassen – „und das Reclam-Bändchen gehört jetzt dir!" Nora war beeindruckt und belohnte das mit einem Punkt. Ausgleich! Dann der Blick ins Echaztal: „Wie wenn man flöge", fand Nora. „Wie aus dem Helikopter!" fand Fabian Walter und musste sich Gedankenklau vorwerfen lassen. Folglich 2:1! Unten schimmerte blau das Becken des Honauer Freibads, und der Pauker konterte prompt: „Wie ein Achat!" Die Schülerin wusste nicht, was ein Achat sei – und es stand 2:2. Danach der Blick auf die Traifelbergfelsen, und der Pädagoge schwächelte (absichtlich): „Wie Spinat mit Zähnen!" Die Schutzbefohlene stieß einen Schrei des Entsetzens aus (gespielt) und verglich angemessener: „Wie Kokoswürfel auf Kiwischaum!" Erneute Führung (3:2)! Anschließend Spielpause und stilles Staunen auf beiden Seiten… Irgendwann der Rückweg und doch nicht, da ein Schlenker zum Hauff-Denkmal erfolgte. Wehmütig schaue der Dichter nach Norden, aufs Schloss, ins Tal, bemerkte Nora ergriffen. Er sei wie auch Georg Büchner, so Fabian Walter, wegen einer Typhusinfektion viel zu früh als Stern am literarischen Himmel verglüht. Der Schülerin gefiel diese Metapher, und sie sprach ihrem Lehrer dafür einen Punkt zu. 3:3! Ein schönes Resultat, wie beide fanden.

Unten im Tal funkelte weiter der Achat, und sie bekamen Lust auf Wasser. Man könnte weiter ins Lautertal fahren, schlug Fabian Walter vor, in Bichishausen im „Bier.Garten.Lokal" zu Mittag essen, im Bootshaus mit etwas Glück eine Kanutour auf der Großen Lauter buchen und von Buttenhausen über Hundersingen in eineinhalb

Stunden nach Bichishausen gemächlich zurück-
paddeln – „rings umher eine unaussprechliche
Schönheit der Natur", wie Goethes Werther sich
ausdrücken würde. Dabei könnte man konkret
überprüfen, ob das als biosphärisch Ausgewie-
sene Hans Jonas' Ethik der Fernverantwortung
auch entspräche. Laut Lehrplan eine „Hand-
lungsorientierte Themenbearbeitung". Beide
grinsten. Zur Einstimmung ins Sommergefühl
könnte man ja das Dachmittelteil des „Targa"
herausnehmen … Es war erstaunlich, wie schnell
und überaus geschickt die Schülerin besagtes
Teil entfernte und nach hinten auf die blauen
Hefte legte. Musste ja nicht jeder sehen!

Sie fuhren zunächst die Schwäbische Dichter-
straße Richtung Münsingen, bogen dann bei Go-
madingen rechts ab und gelangten über Was-
serstetten nach Bichishausen. Der Parkplatz
beim Bootshaus war nicht so voll, wie im un-
günstigsten Fall befürchtet, zum Glück keine
Busse, aber auch nicht so minderfrequentiert,
wie im günstigsten Fall an einem Werktagvormittag erhofft. Ab 13.30 Uhr war ein Kanu zu haben für die geplante Tour, sprich: in zwei Stunden, und ein halbschattiges Plätzchen im Bier-
garten fand sich auch.

Während Nora die warmen Putenbruststreifen in ihrem Sommersalat umwälzte, fragte sie ihr Gegenüber, das sich intensiv einem Schwabenpfännle mit handgeschabten Spätzle widmete, Löcher in den Bauch:

Wie alt sind Sie eigentlich, Herr Walter?
22 Jahre älter als du!
Also glatte 40! Verheiratet?
Nein!
Eine Freundin?
Nein! Zwei Schwestern genügen!
Manchmal keine einschlägigen Bedürfnisse?
Mehr geistig als fleischlich veranlagt!
Warum sind Sie dann kein Mönch geworden?

Darob verschluckte sich Fabian Walter prompt und musste mit alkoholfreiem Bier gehörig nachspülen. Nora Piper nippte verschmitzt an ihrem Cola light, als die Richtigstellung noch etwas krächzend nachgeschoben wurde, dass er geistig und nicht geistlich gesagt habe.

Der Shuttlebus brachte sie nach kurzer Fahrt nach Buttenhausen, wo sie pünktlich in ihr Kanu stiegen. Die Schülerin nahm vorne und der Lehrer hinten Platz. Bevor sie lospaddelten, zogen sie Schuhe und Socken aus und krempelten, so gut es ging, ihre Jeans hoch. Die Große Lauter, eher Bach als Fluss, da nur wenige Meter breit, floss ruhig dahin mit Totholz am Grund und am Ufer Wacholderheiden. Manchmal fiel der Blick auf Felsen mit Burgruinen, manchmal sorgten kleine Wasserfälle kurz für schnelleres Fortkommen, manchmal kollidierten sie fast mit Enten und deren Nachwuchs, und manchmal tauchten sie die Füße in erfrischendes Nass und waren mit sich und der Welt im Reinen. Dieses beschauliche Gleiten über das Wasser in einem der schönsten Täler der Schwäbischen Alb, dozierte der Lehrer, fördere die Gemütsruhe, die Ataraxie, welche laut Epikur neben der Gesundheit des Leibes als Voraussetzung für die Glückseligkeit gelte. Nora lächelte, und deswegen verkniff sich Fabian Walter das Aussprechen des Gedankens, der ihm nachfolgend durch den Kopf schoss: Dass Idyll und Grauen manchmal nah beieinander lägen, dass 1940 auf dem Gelände des Schlosses Grafeneck über 10.000 Menschen mit geistiger Behinderung oder psychischer Erkrankung den nationalsozialistischen „Euthanasie"-Morden zum Opfer gefallen wären und dass eine Gedenkstätte und ein Dokumentationszentrum daran erinnerten, die man nach dem Paddeln auf der Großen Lauter besuchen könnte. Doch der Lehrer hatte irgendwie das Gefühl, das passe nicht in die Heiterkeit des Tages und der azurblaue Sportwagen unter ihm und die flotte Ische neben ihm passten nicht zur Ernsthaftigkeit des Ortes. Also schwieg er und paddelte weiter. Er werde im Herbst mit der Ethikgruppe seiner Klasse und dem schuleigenen Kleinbus am Landgestüt Marbach vorbei das Sträßchen nach Grafeneck hochfahren, sagte er sich. Gegen 15 Uhr kamen sie wieder in Bichishausen an. Bevor sie aus dem Kanu stiegen, zogen sie Socken und Schuhe an und rollten ihre Jeans ab.

Auf dem Weg zum Parkplatz erzählte die Schülerin, sie bessre ihr Taschengeld gelegentlich auf, indem sie ihre Nachbarin, eine vornehme hochbetagte Dame, zum Arzt, zur Apotheke oder zur Fußpflege fahre, und zwar mit deren Sportwagen, einem Mercedes 280 SL, da sich die Lady altersbedingt nicht mehr ans Steuer wage. Bis jetzt sei der Oldie noch ohne Schrammen geblieben. Der Lehrer verstand und übergab den Autoschlüssel, allerdings mit der Bemerkung, wenn's blitze, dann bitte schön auf ihre Rechnung – und zurück nun, nach wie vor ohne Dachmittelteil, über Münsingen, Bad Urach und Metzingen. „Wie der Herr wünschen", entgegnete die Schülerin, lächelte und fuhr ihr Ding, als hätte sie nie ein anderes gemacht. Fabian Walter war schwer beeindruckt und sagte ihr das auch. Nora strahlte. Eigentlich möchte sie nach dem Abitur Pilotin werden oder Ingenieurin oder Mathematik und Philosophie studieren. Ihr Beifahrer staunte nicht schlecht und dachte bei Letzterem an Bertrand Russell.

Solcherart geadelt, gab sich Nora keck, und Fabian Walter fand sich mir nichts, dir nichts in der Outletcity Metzingen wieder mit der epikureischen Begründung „Glückseligkeit durch Hammerpreise". Und schon sauste der Porsche in eine frei gewordene Parkbucht. Natürlich wurde die Sophistin fündig – sehr bunt die Bluse –, aber immer noch weit über den Möglichkeiten der markenbewussten Möchtegernbesitzerin. Der Lehrer sprang ein mit der sozialpolitischen Begründung, die eifrige Chauffeurin gehöre – siehe Nachbarin – angemessen entlohnt, ihm wäre aber sehr recht, das hinge man in diesem speziellen Fall nicht an die große Glocke. „Einverstanden?!" Die Schülerin nickte mehrmals mit leicht errötetem Gesicht.

Gegen 18 Uhr brachte sie den „Targa" vor der heimischen Haustür zum Stehen, setzte flugs das Dachmittelteil wieder ein und meinte, Herr Walter werde sicher ihrer Mutter noch einen schönen Abend wünschen. Aber nur kurz, erwiderte der, er habe noch Unterricht für den nächsten Tag vorzubereiten. Um 22.30 Uhr saßen sie immer noch auf der Terrasse des schmucken Häuschens in der kleinen Ortschaft über dem Neckartal: der Lehrer, die Anwältin und ihre Tochter. Gegen 22.45 Uhr fuhr der Attentäter Mohamed Lahouaiej mit einem weißen Lkw auf die für den Verkehr gesperrte Strandpromenade von Nizza.

Abiball

Die Festhalle lag etwas außerhalb, zwischen Vorstadthäusern und Waldrand, und man sah sofort, dass man sie genommen hatte, um Geld zu sparen und nicht auszugeben. Sie betonte durch eine dunkelbraune quadratische Täfelung ihren Mehrzweckcharakter – Hand- und Basketballspiele, Jahreshauptversammlungen, Hochzeiten, Trauerfeiern, runde Geburtstage sowie Abibälle – und durch eine angebaute Gaststätte und großzügig angelegte Parkflächen ihren praktischen Vorteil. Rechtschaffen und ordentlich wirkte das Ganze, keineswegs aber locker und verspielt – irgendwie nach Feierarbeit.

Das Lehrpersonal hatte seinen eigenen Tisch, die Abiturientinnen, drei Viertel der Klasse, und Abiturienten, das verbleibende Viertel, saßen bei den Eltern, Geschwistern, Freundinnen und Freunden. So war das gewollt, und so wurde das mit Tischkärtchen gesteuert. Das Wichtigste natürlich der Dresscode: Auf der Einladung stand *festlich!!!* Zwei Abiturientinnen wagten es jedoch, in Edeljeans zu erscheinen statt in Ballkleidern, was zur Folge hatte, dass die Klassensprecherinnen ihnen untersagten, die Bühne zu betreten, wenn der Profifotograf das Klassenfoto schieße, man lasse sich schließlich nicht das Bild verunstalten. Die Verbannten gifteten zurück, Robespierre lasse grüßen, der habe auch alles eliminiert, was nicht ins reine Tugendbild passe, und alle vier rannten sichtlich erregt zum Deutschlehrer, um ihm kundzutun, was die Pflichtlektüre „Dantons Tod" im konkreten Leben angerichtet habe, und ihn aufzufordern, sich auf die jeweilige Seite zu schlagen.

Der stand nichts ahnend draußen und blinzelte in die Abendsonne, dachte wehmütig an seinen eigenen Abiball, der keiner war, sondern ein entspanntes Zusammensitzen in kleinem Kreis bei Bier und Brezeln unter einem Baum am Fuße der Achalm ..., als die Amazonen ihn einkreisten. Nach einer kurzen Phase der Orientierung schleuderte er die Frage ins Rund, warum denn Danton und letztendlich auch Robespierre wirklich ihre perückendrapierten Häupter verloren hätten, und jagte die Antwort gleich hinterher: weil sie nicht kompromissfähig gewesen seien. Und was sei das Resultat eines wahren Kompromisses? Wenn beide Parteien gleich unzufrieden seien, da sie jeweils die gleich große Kröte zu schlucken hätten! Alles andere sei realitätsferne Romantik! Kein Widerspruch der jungen Damen.

Einmal in Fahrt holte der Deutschlehrer gedanklich aus. Natürlich dürften Edeljeansträgerinnen aufs Abiballbild, aber die müssten ja nicht unbedingt hervorstechen. Er werde mit dem Fotografen reden, ob der das hinbekomme. Abermals kein Widerspruch. Der Profiknipser war entzückt ob dieser Herausforderung und wusste sie bestens zu meistern: Seitenansicht bei den Damen (18) mit davor platzierten Herren (6) in der Hocke, sodass eine Edeljeans nicht einmal zu erahnen war. Eine Woche später lag das Klassenporträt ausgedruckt auf dem Schreibtisch des Deutschlehrers, aber die Mathematiklehrerin meinte, dass vier Abiturientinnen eher eisig als fröhlich dreinblickten. Der Deutschlehrer schob das auf die Abirede des Schulleiters, jenen vergeblichen Versuch, mangelnde Tiefe durch überbordende Länge auszugleichen, der vor dem Fotoshooting zu ertragen gewesen sei.

Der Apfel

Der erste Satz der Schul- und Hausordnung gefiel ihm: „Eine Gemeinschaft funktioniert nur auf der Grundlage einer sozialen Ordnung." Das habe schon Thomas Hobbes erkannt und den „Leviathan" kreiert, um das Chaos des höchst unfriedlichen Naturzustands zu beenden und den inneren Frieden zu sichern, sagte sich der Lehrer und ergänzte: „Die Schule als Ganzes und die einzelnen Klassen sind Gemeinschaften." So gefiel ihm das noch besser.

Die Schulleitung hatte ihn unlängst gebeten, er möge als geistes- und sozialwissenschaftlich geschulter Mensch sich der in die Jahre gekommenen Schul- und Hausordnung annehmen und sie inhaltlich und stilistisch etwas aufpeppen, um sie danach in geänderter Fassung dem Kollegium zum Abnicken vorlegen zu können. Nun kam er dazu, da die Schüler und Schülerinnen im Rahmen einer Klassenarbeit in Gemeinschaftskunde zu erläutern hatten, warum die heutigen Zeitgenossen Zwerge seien, die auf den Schultern der großen Staatsphilosophen stünden. So still hatte der Lehrer die Klasse noch nie erlebt.

Er gelangte an eine Textpassage, die ihm weniger gefiel, da zu kahl, zu nackt, zu schroff: „Offene Getränke und Speisen sind in den Unterrichtsräumen verboten!" Er machte sich ans Umformulieren und Erweitern, als plötzlich ein lautes Knacken, gefolgt von heftigem Schmatzen, die angespannte Stille durchbrach. Alle bis auf die Übeltäterin schauten auffordernd nach vorne zum Lehrer. Der richtete sich auf und sah, was er sehen sollte: Sarah, nach wochenlanger Therapie gegen Magersucht wieder zurück in der Klasse, aß weithin vernehmbar einen Apfel.

Dem Lehrer schoss Thomas Hobbes Satz durch den Kopf, dass Autorität und nicht Wahrheit das Gesetz schaffe, sprich: die letzte Interpretation des Rechts entscheidungspersönlicher Natur sei. Er stand auf, trat ans Fenster, blickte vom fünften Stock aus gen Südosten, sah die Burg Teck und sagte ruhig, ohne sich allerdings zur Klasse zu wenden: „Also gut! Machen wir spontan eine zehnminütige Snackpause!" Und er blieb da stehen, wo er war.

Danach setzte er sich wieder ans Pult und stellte beruhigt fest, dass Sarah den Apfel geschafft hatte. Dann formulierte er um: „Der Konsum offener Getränke und Speisen sollte in den Pausen

erfolgen. Begründete Ausnahmen sind zuläs-
sig." Die Schülerinnen und Schüler schrieben
währenddessen eifrig weiter.

Nach dem Regen die Sonne

Ein Vater war sichtlich erregt und die Frage an die Mathematiklehrerin gerichtet: „Was tun Sie eigentlich, damit mein Sohn Tobias die Versetzung in die Jahrgangsstufe schafft?!" Bisher war der Elternabend friedlich verlaufen, umsichtig geleitet vom Klassenlehrer, gerne unterstützt von den anwesenden Kernfachlehrer(inne)n und wohlwollend registriert vom anwesenden Schulleiter – und nun das! In der Regel meldet sich niemand mehr auf die Schlussbemerkung hin, ob noch irgendwelche Fragen seien, weil die Väter und Mütter nach Hause oder kurz von den einzelnen Lehrern noch wissen wollen, wie sich der Sohn oder die Tochter so mache, aber nun drohte eine unschöne Verlängerung.

Die Attackierte, ein schulisches Urgestein im Range einer Oberstudienrätin und vor dem Namen noch ein Dr. math., antwortete kühl: „Gar nichts kann ich da tun, denn Tobias gymnasiale Mathematik beizubringen ist so sinnvoll wie, um einen hinlänglich bekannten Philosophen in leicht abgewandelter Form zu zitieren, einem Hund das Sprechen beizubringen!" Nicht von ungefähr stehe der Junior mit seinem mathematischen Unverstand genau da, wo er hingehöre: auf einer glatten Sechs! Null Begabung und null Leistung in Sachen Funktionen, Gleichungen und Wahrscheinlichkeiten und deswegen für diese Schulform völlig ungeeignet!

Ob dieser Deutlichkeit herrschte zunächst Totenstille, doch der Senior, mittelständischer Unternehmer und seit kurzem Hauptsponsor des schulischen Fördervereins, ließ sich so schnell nicht umpusten. In der Realschule sei Tobias nur halb so schlecht gewesen, sprich: Note drei, folglich liege es eher an den übertriebenen Ansprüchen einer verhinderten Mathematikprofessorin, dass er sich nun im Notenkeller wiederfinde, zumal es in den anderen Kernfächern alles andere als zappenduster aussehe – oder etwa nicht?! Dabei schaute der Fabrikant und Geldgeber auf die vorne Stehenden, die gequält lächelten, und auf den sitzenden Schulleiter, der verzweifelt nach Worten rang.

Frau Dr. math. war da schlagfertiger: Das sei hier nicht die Realschule, wo man allein fürs Zugegensein im Unterricht automatisch eine Vier bekomme und auf dieser Basis eine Drei nichts wert sei. Das räche sich dann später im Berufsleben, wo es von Schwätzern und Schaumschlägern nur so wimmle, wo doch wirkliche Könner und disziplinierte Denker vonnöten seien. Die bringe primär die Mathematik hervor, die gekennzeichnet sei durch eine hohe Präzision ihres Begriffssystems und durch Strenge ihrer Beweismethoden. Eine erfolgversprechende Zukunft sei jedenfalls mit mathematischen Nulpen nicht zu haben, und deswegen müssten die schon früh ausgebremst werden, bevor sie ernsthaft volkswirtschaftlichen Schaden anrichteten. Deswegen bleibe es bei der Sechs für den Filius, und dass die nicht ausgeglichen werden könne, mache vor diesem Hintergrund durchaus Sinn. Punktum! Sprach's und verließ erhobenen Hauptes den Raum. Die Lehrer und Eltern taten es ihr schleunigst gleich, und zurück blieben der Schulleiter und der Mittelständler.

Ersterer traute sich nun aus der Defensive und gab zu bedenken, man dürfe bei all dem Gesagten das Pädagogische nicht außer Acht lassen, soll heißen, auch eine im Bereich der Mathematik momentan verlorengegangene jugendliche Seele könne selbstverständlich wieder eingefangen werden, was dem Vater-, Unternehmer- und

Sponsorenherz gut gefiel und noch mehr der dezente Hinweis, im Zweifelsfall lege sowieso der Schulleiter – und das völlig legal – die Endnote fest. Es verstand sich von selbst, dass sich die leitenden Herren beim Auseinandergehen die Hand gaben und darauf bestanden, der jeweiligen Gattin herzliche Grüße auszurichten.

Heu, Knochen und ein Baum

Nach der Kaffeetafel und vor dem Abendessen fragte sie ihn unvermittelt, ob er mit ihr um den See laufe, um sich gemeinsam die Füße zu vertreten. Das Angebot erstaunte ihn, denn während ihrer Schulzeit hatten sie kaum miteinander zu tun. Sie saß vorne rechts und war strebsam und brillant, er saß hinten links und war lässig und doch ganz gut. Sie wohnte „Im schönen Weg", er in der „Graudenzer Straße", ihr Vater fuhr „Opel Senator", seiner „Opel Kadett", ihre Eltern machten Urlaub am Comer See, seine am Bodensee, sie ging in die private Geigen- und Ballettstunde, er zum E-Gitarren-Kurs in die Volkshochschule und die Stadtbibliothek, um sich dort „Berlin Alexanderplatz" zu leihen, während sie im elterlichen Bücherschrank den „Zauberberg" hervorzog.

Während des Spaziergangs hakte sie sich plötzlich unter und er ließ es geschehen – als Zeichen innerer Verbundenheit, denn sie waren beim Silbernen Abitur die Einzigen, die weder Kinder hatten noch verheiratet waren. Er fühle sich beim Klassentreffen wie ein Single im Familienhotel auf Menorca, bemerkte er sarkastisch, und sie ergänzte nicht minder spöttisch: „und das unter lauter leitenden Angestellten". Sie grinsten einvernehmlich.

Aber, sagte sie beim Weiterlaufen, das sei nicht der eigentliche Grund für diesen Rundgang, sie müsse vielmehr etwas loswerden aus ihrer Schulzeit, was nicht in Ordnung gewesen sei und ihn betreffe. Er schaute sie irritiert an. Es gehe um die kleinen giftigen Zettel, die sie klammheimlich in sein Füllermäppchen gesteckt habe und auf denen hingekritzelt gewesen sei: „Du solltest mal wieder zum Friseur gehen!" und „Stören dich die Trauerränder unter deinen Fingernägeln nicht?" und „Musst du ständig in der Nase bohren?" und „So langsam gehört deine Jeans in die Waschmaschine!" Sie bedaure das längst und möchte sich im Nachhinein entschuldigen.

Er lächelte versonnen und entgegnete, dass das Vermitteln bürgerlicher Hygienetugenden an sich nützlich und der Impuls zu seiner Entferkelung löblich gewesen sei. Außerdem stand beim letzten Zettel „Belohnung folgt!" noch drauf, und eine Woche später fand sich tatsächlich eine

Konzertkarte für die Württembergische Philharmonie in seinem Füllermäppchen. Folglich gebe es da nichts zu entschuldigen, vielmehr müsse er sich entschuldigen, diese Einladung nicht angenommen zu haben, weil er damals auf Rock und partout nicht auf Klassik gestanden und vor Terra incognita auch ein bisschen Angst gehabt habe. Er habe ja nicht wissen können, wer dahinterstecke.

Sie hielt beim Laufen inne und kickte einen Kieselstein ins Wasser, fuhr sich durch die Mähne, zog die Unterlippe nach innen, gab sie wieder frei, blinzelte in die Sonne und schwieg. Immerhin, nahm er das Gespräch wieder auf, hätten sie es nach einem Vierteljahrhundert doch noch geschafft, gemeinsam einen See zu umrunden – sie, die Unternehmerin, und er, der Philosoph. Zwar fresse der Hund in der Regel kein Heu und das Pferd keine Knochen, doch das hindre sie nicht daran, zusammen um einen Baum zu tanzen. Als er ihr das sagte, hat sie laut gelacht.

Entfremdung

Als Oppositionspolitiker fragte er höflich in den weiterführenden Schulen seines Wahlkreises an, ob Interesse bestehe, dass er in der Oberstufe über das Hohe Haus referiere und anschließend mit den Schülerinnen und Schülern darüber diskutiere. Wenn er gelegentlich eingeladen wurde, steuerte er mit seinem alten Golf den Besucherparkplatz an und grüßte jede und jeden freundlich auf dem Weg in das vorgesehene Klassenzimmer. Am Schluss der eifrigen Debatte vergaß er nie, die Schülerinnen und Schüler darauf hinzuweisen, Politik sei nicht nur die Sphäre der rationalen Sachentscheidungen, sondern auch der dynamischen Visionen.

Als Regierungspolitiker ließ er die weiterführenden Schulen seines Wahlkreises antichambrieren, ob er denn so freundlich wäre, in der Oberstufe über das Hohe Haus mit anschließender Diskussion zu referieren. Wenn er in seltenen Fällen zusagte, ließ er seinen Fahrer die Nobelkarosse direkt vor dem Eingang anhalten und eilte mit seiner persönlichen Referentin schnurstracks in das vorgesehene Klassenzimmer. Am Schluss der zähen Debatte vergaß er

nie, die Schülerinnen und Schüler darauf hinzuweisen, Politik sei ausschließlich die Sphäre der
rationalen Sachentscheidungen und nicht der
paradiesischen Vorstellungen.

Saubermännchen

Am Ende des Gartens öffnete sie ein quietschendes Türchen und gelangte über eine Treppe und einen schmalen Pfad, flankiert von Chinaschilf, an den breiten und endlos lang erscheinenden Strand. Der Atlantik ließ in gleichmäßigem Rhythmus die Wellen ausrollen, und der Blick nach Norden und Süden bot dasselbe: Sand, Fels, Wasser, spärliche Bebauung und über allem das Blauweiß des Himmels. Sie wählte wie immer die Richtung nach Süden entlang der Playas de Sotavento, die sich, hufeisenförmig aneinandergereiht, kilometerweit entlangzogen. Beim Hotel Los Gorriones angelangt, würde sie wieder umdrehen, denn mehr war in ihrem Alter nicht drin, auch weil der Wind nachmittags recht kräftig wehen konnte und sie nicht ständig gegen ihn ankämpfen mochte. Es konnte aber auch vorkommen, dass sie auf den Rückmarsch pfiff und von dort ein Taxi nahm.

Dennoch empfand sie es erträglicher, die Zeit von Anfang November bis Ende Februar als Langzeiturlauberin an der Costa Calma zu verbringen und nicht im winterkalten Nordwürttemberg. Sie war alleinstehend, immer schon gewesen, weil es sich so ergeben hatte, seit fünf Jahren in Pension und aufgrund glücklicher Umstände nicht schlecht gestellt. Sie war im komfortablen Hotel unter ihresgleichen – bürgerlich, kultiviert, gepflegt – und fühlte sich, wenn es früher dunkel wurde, im Hotelrestaurant am Extratisch der Langzeiturlauber besser aufgehoben als zu Hause allein in ihrer Penthousewohnung mit Blick auf die Lichter der Stadt. Die waren zwar schön anzusehen, mit denen konnte man sich aber nicht anregend unterhalten. Also ein „Salud!" auf Fuerteventura! Keinen Wert auf Geselligkeit legte sie allerdings bei ihren Strandspaziergängen: Wenn die Natur zu ihr sprach, hätte es nur gestört, wenn jemand dazwischengeredet hätte.

An einer engen Stelle, wo der Strand auf einmal sehr schmal wurde, weil sich eine Steinnase fast bis ans Wasser zog, stand an diesem Tag im Dezember ein jüngerer Mann hinter einem Klapptisch und bot „Saubermännchen", lustige, kleine Steinfiguren, für 20 Euro das Stück feil. Ein Spruchband – um den Tisch gezogen – versprach in grüner Schrift: „Ich halte für Sie diese wunderschöne Bucht blitzsauber! 1 Saubermännchen=1 Stunde Cleanservice!" Mengenrabatt gab's auch:

„Drei Saubermännchen=3 Stunden Cleanservice für 50 Euro!"

Sie erkannte den Filou sofort, der den Touristen ungeniert ein sauberes Gewissen verkaufte: einen ihrer früheren Schüler. Der ließ höchstwahrscheinlich unerwähnt, dass die Kommune dreimal die Woche den von den Feriengästen hinterlassenen Müll wegkarrte, oder er zog das Blitzsaubere in Zweifel. Ausgerechnet Jonas, der sich seinerzeit vor dem Reinigungsdienst nach der großen Pause ständig gedrückt und Mitschüler dafür bezahlt hatte, für ihn einzuspringen. Sie, seine frühere Englisch- und Wirtschaftskundelehrerin, baute sich entrüstet vor ihm auf und wollte ihm die Leviten lesen. Doch dazu kam es nicht, denn bei ihrem Anblick ließ er alles stehen und liegen und nahm Reißaus.

Sie schaute ihm kopfschüttelnd hinterher und setzte dann missmutig ihren Strandspaziergang fort. So nachhaltig streng sei ihre Pädagogik nun auch wieder nicht gewesen, knurrte sie vor sich hin, dass ein knapp dreißigjähriger Exschüler vor seiner siebzigjährigen Exlehrerin davonlaufe. Ganz clean sei so jemand wohl nicht im Kopf! An ihrem Zielpunkt angelangt, nahm sie diesmal ein Taxi zurück. Am nächsten Tag lief sie ausnahmsweise nach Norden.

Wir Pioniere

Es war die Zeit, als der Kanzler Willy Brandt hieß und die Mitbürgerinnen und Mitbürger aufrief, mehr Demokratie zu wagen, die Zeit, als „Stan" Libuda bei der WM 1970 in Mexiko endgültig am lieben Gott vorbeikam und gegen Bulgarien beim 5:2 ein Wahnsinnsspiel machte, und die Zeit, in der wir in der 9b des Gymis eine Pioniertat vollbrachten, weil wir in der Klassenelf ein Mädchen mitkicken ließen. Das war absolut neu!

Sie kam zu Beginn des Schuljahrs von irgendwoher, sollte ein Jahr bleiben, um dann irgendwohin wieder zu verschwinden. Das sei dem Beruf des Vaters geschuldet, hieß es. Sie selbst hieß Libussa und behauptete keck, über ein paar Ecken mit Libuda verwandt zu sein. Deshalb trete sie lieber gegen den Ball als mit dem Hockeyschläger einer Holzkugel hinterherzurennen, wie es die Mitschülerinnen taten, die sie deswegen sofort nicht leiden konnten.

Ob sie denn mal probeweise mitkicken dürfe, lautete die reformatorische Frage, und wir konnten wegen ihrer verwandtschaftlichen Verästelung und überhaupt wegen des innovativen Zeitgeists einfach nicht nein sagen. Das sollte sich auszahlen! Wie ein Lauffeuer ging das nämlich herum, dass die 9b ein kickendes Mädchen habe. Sensationell! Die Jungs wollten sie alle sehen, die Mädchen, wie gesagt, eher nicht.

Libussa nahm's gelassen und entpuppte sich als Glücksfall, denn es sollte ein wunderbares Jahr werden. Sie war Spielmacherin, Trainerin und Managerin in Personalunion und formte in kürzester Zeit die tollste Klassenelf, die wir jemals hatten, dank eines prächtig funktionierenden 4-3-3-Systems: hinten italienisch, also Catenaccio, sprich: rustikal, in der Mitte deutsch, also Beckenbauer-Netzer-Overath, sprich: Libussa & Libussa & 2 weisungsgebundene Hiwis mit Potenzial, und vorne brasilianisch, also Samba, sprich: rasches Tempo beim Reinmachen.

Die Regisseurin vermied bewusst das Toreschießen, denn die Zeit war noch nicht reif dafür, ohne Spott eine Pferdeschwanzkiste zu kassieren. Als Gegenleistung verbat man sich jedes Foul an ihr. Vielleicht lag das aber auch an den Ritterromanen, die zu dieser Zeit verschlungen wurden und in denen der gerüstete Held stets edel gegenüber der Königstochter auftrat. Jedenfalls verloren wir ein Jahr lang keinen Klassenkick, was dem 9b-Image ausgesprochen guttat und dem der 9a gefährlich nahekam.

Dann war das göttliche Jahr rum, Libussa drückte ihren Mitspielern zum Abschied fest die

Hand und blickte dabei jedem so tief in die Augen, dass einem vor Schwermut fast das Herz zersprang. Ihre Spur verlor sich in den Weiten der Schwäbischen Alb und wir die nächsten Spiele.

Die Elfe und der Esel

Unser Pech war, dass unsere Vornamen den falschen Anfangsbuchstaben hatten, dass die Theater-AG des humanistischen Gymnasiums in R. auch einmal den Klassiker für Schultheaterinszenierungen, nämlich Shakespeares Komödie „Ein Sommernachtstraum", aufführen wollte und dass unsere Deutsch- und Englischlehrerin Frau von T. die Leiterin dieser AG war. Eigentlich spielten wir in unserer Freizeit lieber Tischtennis, aber die Aussage Frau von T.'s, sie orientiere sich bei der Zeugnisnote mehr am pädagogischen Gesamteindruck als an der reinen Arithmetik, ließ uns aufhorchen.

Allerdings krachte es bei der Rollenbesetzung dieses Stücks gewaltig im Gebälk der altehrwürdigen Lehranstalt, denn keiner wollte den Handwerker Zettel spielen, weil der ein ziemlicher Einfaltspinsel ist und deswegen vom Luftgeist Puck, um dessen Rolle sich alle rissen, teilweise in einen Esel verzaubert wird. Damit nicht genug, denn keine wollte zudem die Elfenkönigin Titania spielen, weil die ein ziemliches Luder ist und zur Strafe für ihre amourösen Eskapaden sich in diesen animalisch-triebhaften Halbesel vergucken muss. Folglich sprach Frau von T. ein pädagogisches Machtwort: „Ella spielt die Elfe und Elvis den Esel!"

Unseren geflunkerten Einwand, dass wir miteinander nicht so könnten, wie sollten wir uns dann auf der Bühne anhimmeln, ließ sie nicht gelten. Vivien Leigh und Clark Gable hätten sich privat auch nicht ausstehen können, hätten aber als Scarlett O'Hara und Rhett Buttler in „Vom Winde verweht" absolut überzeugt! Der Rest der Truppe sah das genauso, und wir durften das Ungeliebte auswendig lernen. Was tut man nicht alles für eine gute Note?! ZETTEL: „Ich gehe hier auf und ab und singe, damit sie hören, dass ich mich nicht fürchte." TITANIA: „Weckt mich von meinem Blumenbett ein Engel?"

Das Publikum tobte an dieser Stelle bei der Aufführung, die trotz Zwangsbesetzung ohne größere Panne über die städtische Bühne ging und die stattliche Zuschauerschar ob des vierfachen Happy End trotz vorheriger Gefühlsverwirrung – Oberon und Titania finden wieder zueinander, Lysander kriegt Hermia, Demetrius Helena und Theseus sowieso Hippolyta – höchst zufrieden nach Hause entließ. Nur unseren Müttern tat das Ganze nicht gut, die auf einmal meinten, sich neu vergucken zu müssen: Ellas Mutter in meinen Vater und meine Mutter in Ellas Vater. Wir kommentierten das Shakespeare-geschult ziemlich

cool: „Ja, ja, die Liebe ist halt schiere Narretei!"
Daraufhin besannen sich unsere Mütter wieder,
und wir konnten in aller Ruhe zum Tischtennis-
spielen in den Sportpark gehen. Dass wir in zehn
Jahren heiraten würden, ahnten wir zu diesem
Zeitpunkt noch nicht!

Zeitenwende

Als sie mit dem Rücken zur Klasse stand, um auf die linke Tafelseite die korrekte Formel zu schreiben, knallte der nasse Schwamm auf die rechte Tafelseite, sodass sie einige Spritzer abbekam.

Sie legte die Kreide aus der Hand, drehte sich langsam um, packte wortlos ihre Utensilien in den Leinenbeutel und sagte: „Sucht euch eine neue Physiklehrerin!" Dann verließ sie das Klassenzimmer.

Im Lehrerzimmer hatte sie bisher maximal zehn Minuten warten müssen, bis die Klassensprecher an die Tür geklopft, sich in aller Form für den „blöden Spaß" entschuldigt und sie gebeten hatten, wieder zurückzukommen, da so etwas bestimmt nie wieder vorkommen werde. Sie hätte auch dieses Mal wieder gewonnen und den Unterricht fortsetzen können, als wäre nichts gewesen.

Doch niemand kam! Nicht nach zehn, nicht nach zwanzig und auch nicht nach dreißig Minuten.

Plötzlicher Unwille

Um 14.30 Uhr sollte die Konferenz beginnen, in deren Rahmen seine feierliche Verabschiedung stattfinden sollte, doch nach der 5. Stunde und dem Film „Schlaflose Tage", welcher der Klasse weniger gefiel als ihm, war ihm plötzlich klar, dass er nicht hingehen werde. Er verspürte keine Lust auf diesen Zirkus, auf das unbedarfte Geplapper des Schulleiters, den peinlichen Goodbye-Firlefanz des Kollegiums und schon gar nicht auf das nachfolgende Sommerfest im Schulhof, wo wie immer mehr geschrien als geredet, mehr gebechert als genippt und mehr heruntergeschlungen als gespeist werde. Er wollte nur noch raus aus diesem Tollhaus, und zwar möglichst schnell und möglichst diskret.

Er begab sich vom Klassenzimmer direkt auf die Toilette und wartete in einer Kabine, bis die 6. Stunde voll im Gang und die Luft rein war. Dann fuhr er mit dem Aufzug in den Keller, gelangte von dort über einen Hinterausgang sowie die Straße in den angrenzenden kleinen Park und wähnte sich vorerst in Sicherheit. Er durchquerte zügig das Areal, stieg an der Haltestelle am Ausgang in den erstbesten Bus, der zu seiner Freude

Richtung Stadtwald fuhr. Da, wo das große Schild mit dem Schriftzug „Frieden findet man nur in den Wäldern (Michelangelo)" angebracht war, stieg er aus und lief hinein in das kühlende und würzig riechende Grün bis zum See. Er fand eine Bank im Halbschatten, setzte sich hin, schaute auf das Wasser, das wegen des leichten Windes sanfte Wellen warf, und war auf einmal das Gefühl los, das ihn seit dem Morgen, seit einer Woche, seit einem Monat, seit einem Jahr ständig überkommen hatte: das des Ekels vor der Schule.

Er werde, sagte er sich, mitten in den großen Ferien seine persönlichen Sachen abholen, dem Hausmeister, gegen den er nichts hatte, den Schlüssel aushändigen, sich darüber ärgern, dass er das nicht schon vor einem Jahr getan habe, nie wieder zurückkehren an den Ort, der ihn am Anfang sehr glücklich, am Ende aber fast krank gemacht habe und endlich im „Ulysses" da weiterlesen, wo er vor 35 Jahren aufgehört habe – Seite 522 unten: „Und dann wieder so ein Einsachtziger mit einem Weibchen, das ihm grad bis an die Uhrentasche reicht..."

Ja, damals schon!

Nachtzug um 0.11 Uhr von Stuttgart nach Ostende. Jeweils Abteile mit sechs Betten, drei links, drei rechts übereinander. Bahnhof Köln: Die Mädchen schlafen schon. Bahnhof Brüssel: Die Jungen sind immer noch aufgekratzt. Schüleraustausch 1971. Dann die Fähre nach Dover und von dort mit Sonderbussen nach Chester.

Glück mit der Gastfamilie. Bürgerlich-liberales Milieu. Vater Ingenieur, Mutter Teilzeitredakteurin, beide kommunalpolitisch engagiert. Haus mit großem Garten in einem Vorort. Beinahe wie zuhause und doch nicht ganz. Sohn Christopher, der Austauschpartner, offen und unkompliziert. Auch 16. Möchte Agraringenieur werden. Selbst noch keine Ahnung.

Zwei Tage später dann der obligatorische Schulbesuch. In der großen Pause stürzen sich aus dem Nachbargebäude kommend die English Girls mit ihren Poesiealben auf die German Boys. „What's your name?" Keine Bewegung in die Gegenrichtung. Die German Girls schmollen.

Zu Ostern Bonfire im Garten. Auch die Nachbarstochter ist eingeladen. Schnappschuss: Rebecca auf der Schaukel. Fröhlich und unbeschwert.

Möchte Pilotin werden. Ein Lager zu viel und plötzlicher Kuss auf die linke, dann die rechte Wange des German. Mehr nicht, doch unvergessen, da völlig neu.

21 Jahre später Flug von Stuttgart nach Manchester. Mit dem Mietwagen dann weiter bis Chester. Großes Hello und viel zu erzählen. Christopher arbeitet mittlerweile bei der FAO. Immer noch ledig, da viel unterwegs: Bhutan, Ghana, Ecuador ... Und selbst? Pilot bei Lufthansa Cargo. Asien, Afrika, Amerika. Keine Zeit für eine Ehe.

Irgendwann die Frage nach Rebecca, da unvergessen. Leider abgestürzt. Alkohol und Tabletten, weil Berufswunsch nicht geklappt habe. Sei vor elf Jahren im Cottage ihrer Eltern aufgefunden worden. Kein Abschiedsbrief. Betroffenheit, dann Erstaunen. Sie habe doch damals so fröhlich und unbeschwert auf der Schaukel gesessen. Ja, damals schon!

Nachweis

*In: Helmut Essl: Chronik einer Männersause und 50 weitere Ratzfatzgeschichten von A bis Z zum Lachen, Weinen und Nachdenken, Hamburg 2019

Autor

Helmut Essl, geb. 1955, wuchs in Reutlingen auf und studierte Germanistik und Politikwissenschaft in Tübingen. Nach dem Referendariat Aufbaustudium an der Wirtschaftsakademie für Lehrer Bad Harzburg. Er arbeitete als Korrektor, Kolumnist, Lehrer sowie Pressereferent und lebt seit 2019 im Ruhestand in Tübingen. Von ihm sind bereits erschienen: *Chronik einer Männersause und 50 weitere Ratzfatzgeschichten von A bis Z* (2019) und *Der Herbst des Schwimmers. Ausgewählte Kolumnen* (2020).

Zeitfracht Medien GmbH
Ferdinand-Jühlke-Straße 7
99095 Erfurt, Deutschland
produktsicherheit@kolibri360.de